Ye

93715

LE DUC

DE BRUNSWICK,

ODE,

PAR M. GROUVELLE,

Secrétaire des Commandemens et du Cabinet de S. A. S.
Monseigneur le Prince de Condé ; de l'Académie des
Sciences, Arts et Belles-Lettres de Dijon.

............ne recens. HOR. L. 3, *Od.* 25.

A FRANCFORT,
Et se trouve A PARIS,

CHEZ PRAULT, IMPRIMEUR DU ROI,
Quai des Augustins, à l'Immortalité

1787.

Un système moderne a détruit le respect et l'admiration des vertus : c'est celui qui attribue leurs plus nobles sacrifices aux mouvemens de l'intérêt personnel, principe funeste, qui doit éteindre même la bienfaisance et la pitié, en avilissant l'homme, qu'il faut estimer pour l'aimer et le secourir; car, dit un ancien Philosophe, *celui qui méprise les hommes, pense toujours que les malheureux n'ont que ce qu'ils méritent.*

Ce n'est point par le raisonnement qu'il faut combattre cet abus de la raison : un exemple sublime, le tableau d'une âme bienfaisante, d'un dévoûment héroïque, d'une vie et d'une mort généreuse; voilà la plus victorieuse réfutation de ces honteux sophismes. Eh! qui pourroit, au nom de BRUNSWICK, ne pas avouer l'existence d'une vertu pure et désintéressée!

Telle est l'idée principale de cet ouvrage.

Une grande vérité, démontrée par un grand caractère, par une grande action; tel est son plan.

Les traits qui peignent l'âme et les mœurs de Brunswick, le récit de sa mort, les circonstances du débor-

A 2

dement de l'Oder, de ses ravages, de la position de Francfort, du pont brisé, du fauxbourg inondé, sont absolument historiques, ou du moins conformes aux relations imprimées dans quelques volumes du Mercure.

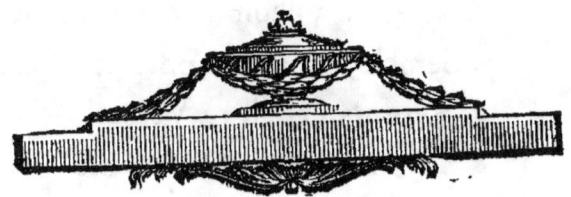

LE DUC
DE BRUNSWICK.

ODE.

Esprit frivole et téméraire,
Arrête... « l'homme en vain, dis-tu,
« Semble s'immoler pour son frère ;
« Son Intérêt fait sa Vertu.
« Les miracles de l'Héroïsme
« Sont de cet obscur Égoïsme
« Les mouvemens impétueux ?
« C'est l'Orgueil qui se sacrifie,
« Et l'Orgueil même déifie
« Ces sacrifices fastueux ? »

Non, il insulte à la Nature,
Il ment, ce *Sophiste* pervers ;
Il ment ; c'est par toi que j'en jure,
Vertu, soutien de l'univers !
J'en jure par ta dernière heure,
BRUNSWICK, par l'Europe qui pleure

A 3

La perte et le deuil du Germain,
Par les larmes de BOURBON même, *
Devant qui tombe le blasphème
Des Zoïles du cœur humain.

Servir l'homme est la seule gloire;
Pour le servir il faut l'aimer;
Mais aux vertus mon cœur veut croire;
L'aimerois-je sans l'estimer?
La Raison même te condamne,
Toi, qui sur l'intérêt profane,
Fondes les bienfaits des Héros:
Art perfide! erreur détestée!
Voit-on d'une source empestée
Couler de salutaires flots?

Heureux qui chérit son semblable,
En le jugeant d'après son cœur!
Rapide, aveugle, inébranlable,
Sa pitié court vers le malheur;
Tel fut Brunswick : martyr sublime,

* On n'ignore plus que Monseigneur Comte d'Artois a fondé le prix donné par l'Académie à l'Éloge du Duc de Brunswick.

Dans son dévoûment magnanime,
Il ne vit ni gloire, ni mort :
Riches, Grands, prêtez-moi l'oreille,
Et qu'en vous mon récit éveille
Un noble & vertueux remord.

Si les vents pouvoient rompre un chêne,
Ainsi que les frêles rameaux,
On verroit la Grandeur hautaine,
Peuple, compâtir à tes maux ;
Mais Brunswick sait connoître et plaindre
Les maux même qu'il ne peut craindre ;
Qu'importe son rang et son nom ?
Les humains dont l'amour l'enflâme,
Sont égaux devant sa grande âme
Comme aux regards de la Raison.

Loin de nos erreurs, il ignore
Son siècle ainsi que sa grandeur ;
Nul mélange ne déshonore
Cette inviolable candeur ;
Dans la contagion publique
Fleurit son innocence antique ;

A 4

Incorruptible ami du bien,
Non moins sensible à nos misères,
Ses mœurs par-tout sont étrangères,
Par-tout son cœur est citoyen.

Lui seul, Francfort, de la détresse
Dans ton sein appaise la voix;
Seul il venge, seul il redresse
Tous les torts des mœurs et des loix;
Heureux Prince, il aime à répandre
Les pleurs d'un plaisir noble et tendre
En séchant ceux de la douleur;
C'est ainsi que sa vertu fonde
Sur les maux dont la terre abonde
Son irreprochable bonheur.

Ainsi ses vêtemens augustes
Couvroient l'infirme nudité
De deux enfans*, tendres arbustes,

---

* Le Duc de Brunswick, dans la saison la plus rigoureuse, se
dépouille de son manteau pour en couvrir deux enfans malades,
qu'il envoyoit à la Maison des Orphelins de Berlin.

On sait aussi qu'il avoit fondé une École pour les enfans des
soldats.

Que du nord glaçoit l'âpreté :
De l'honneur, jeunesse guerrière,
C'est lui qui t'ouvre la carrière ;
Au pauvre son or vient s'offrir ;
Peuples, veillez dans la prière,
Ciel ! retiens la Faulx meurtrière !
Il a mérité de vieillir.

Et cependant..., ô sort coupable !
De loin gronde et croît sourdement
Des hivers l'enfant indomptable,
Le désastreux débordement ;
Les fleuves pressés dans leurs rives,
Soulevant leurs ondes captives,
Vont bientôt brifer leur prison ;
Tels que le salpêtre homicide,
Soudain d'une mine perfide
Fait éclater la trahison.

L'Oder s'émeut, s'enfle, s'irrite ;
Il rompt ses glaçons entr'ouverts,
Comme un torrent se précipite,
S'étend comme les vastes mers ;

Et déja ses eaux vagabondes
Tourmentant les terres fécondes,
Là, par d'orageux tourbillons,
Ici, par des courans rapides,
Sous l'amas des sables arides
Cachent les fertiles sillons.

Le Dieu qui versoit l'abondance
Sur ces rivages opulens,
A noyé même l'Espérance
Au sein de ses flots turbulens :
Mais en vain l'art semble défendre
Ces deux bords, où tu vois s'étendre
Ton peuple et tes murs triomphans,
Francfort ; le fléau redoutable
Porte une mort inévitable
A la moitié de tes enfans.

Les digues laissent le rivage
En proie au fleuve débordé ;
Un pont reste encor… seul passage !
Seul espoir du bord inondé !
Battu par le glaçon qui roule,

Le pont tremble, gémit, s'écroule,
Se perd dans les gouffres mouvans ;
Et cent familles désolées
Semblent par sa chûte exilées
De la demeure des vivans.

Oh ! Brunswick ! oh ! murs déplorables !
Et tu penses les secourir !
Hélas ! ces mortels misérables,
Tu ne peux que les voir mourir :
Franchiras-tu ces flots rebelles ?
Par quel chemin ? où sont tes ailes ?
Quel espoir pourroit t'aveugler ?
Déja même ils n'ont plus d'asyles
Que leurs toîts, redoutables îles,
Qu'un flot suffit pour dépeupler.

Une barque a frappé sa vue ;
Il y court ; plein d'un feu divin,
Il s'élance : la foule émue,
Devant ses pas se jette en vain :
« Vous, Prince !... braver le naufrage !
« — Amis, cette crainte m'outrage,

« Je suis un homme comme vous *. »
Il dit, il part ; la foule encore
De loin le rappelle, et l'implore
Et lui tend les bras, à genoux.

Vers l'autre bord Brunswick s'avance ;
Il vogue ; au premier cri d'horreur
Succède le vaste silence
De l'universelle terreur :
Tous les fronts étonnés pâlissent ;
En admirant, ceux-ci frémissent ;
Ceux-là tremblent, en espérant :
Cieux ! aidez sa noble entreprise !...
Mais un écueil !... la nef se brise,
Il tombe au milieu du torrent.

« Grand Dieu ! perdrons-nous notre frère ?
« Brunswick ! l'ami des malheureux !
« Des orphelins le tendre père !
« Des vieillards le fils généreux !
« Qu'avons-nous fait, et pour quel crime
« Prens-tu cette grande victime ?

* Paroles de Brunswick.

« Ciel!... entens nos vœux, nos sanglots!
« Des flots redouble les ravages,
« Qu'ils dévorent nos deux rivages,
« Mais rens-nous, rens-nous le Héros! »

Le Héros sous les flots expire.
Pleure, Cité qu'il secouroit!
Pleure, Étranger! pleure, ô ma lyre!
Dieu! justifiez votre arrêt!...
Mais non, gémissons sans murmure;
Doux espoir! infaillible augure,
Qui de sa mort absout le Ciel!
Je vois ses vertus reparoître;
Un peuple bienfaiteur va naître,
Fils de son exemple immortel.

Brunswick! vers l'Humanité sainte
A ton nom les cœurs ont volé;
Que l'infortuné dans sa plainte
L'invoque!... il sera consolé:
Et moi, sur la tombe honorée
Que de ta Patrie éplorée
Te consacra le juste amour,

L'œil humide et l'âme attendrie,
J'écris : « Chaque jour de sa vie
« Fut digne de son dernier jour. »

Oh ! Gloire inaltérable et pure !
Quel nuage, quel doute ingrat
Pourroit élever l'Imposture
Contre son éternel éclat ?
Ma Muse, hélas ! trahit mon zèle !...
Mais ce Prince, qui nous appelle
A l'éloge d'un Prince humain,
Bien mieux que nous, il l'a su faire ;
Et c'est à lui que je défère
Le prix que nous offre sa main.

Oüi, Prince, à tracer son image
Toi qui voulus nous exciter,
Tu fais par ton public hommage
Le vœu public de l'imiter ;
Il t'a légué tous tes semblables,
Qui courbent leurs fronts respectables
Sous un malheur non mérité :

Recueille ce noble héritage,
Et console enfin le veuvage
De la primitive Humanité.

FIN.

www.ingramcontent.com/pod-product-compliance
Lightning Source LLC
Chambersburg PA
CBHW061530170626
46811CB00004B/1914